Analyse de l'œuvre

Par Stacie Bradly

La maison d'Âpre-Vent

Charles Dickens

lePetitLittéraire.fr

Analyse de l'œuvre

Par Stacie Bradly

La maison d'Âpre-Vent

Charles Dickens

lePetitLittéraire.fr

Rendez-vous sur lepetitlitteraire.fr et découvrez :

Plus de 1200 analyses
Claires et synthétiques
Téléchargeables en 30 secondes
À imprimer chez soi

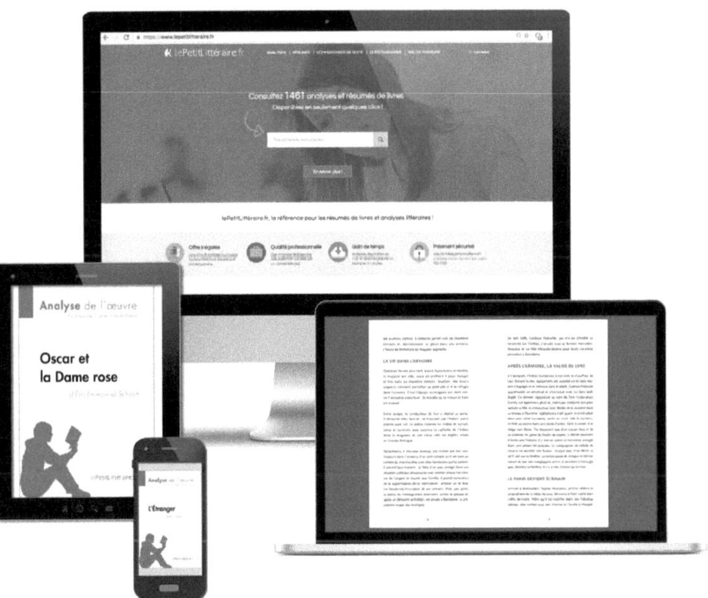

CHARLES DICKENS

ROMANCIER, NOUVELLISTE, ESSAYISTE, JOURNALISTE ET CRITIQUE ANGLAIS.

- **Né à Portsmouth en 1812.**
- **Décédé à Gad's Hill, Kent en 1870.**
- **Travaux notables :**
  - *Oliver Twist* (1838), roman
  - *David Copperfield* (1850), roman
  - *Grandes espérances* (1860-61), roman

Charles John Huffam Dickens était le deuxième aîné des huit enfants nés d'Elizabeth et de John Dickens. Après l'arrestation de son père, alors qu'il avait 12 ans, Dickens commença à travailler dans un entrepôt de noircissement. Malgré son manque d'éducation formelle, Dickens devient clerc d'avocat, puis lecteur au British Museum, et enfin rapporteur parlementaire en 1832. En 1836, il épouse Catherine Hogarth, avec qui il aura dix enfants.

Écrivain prolifique, il a été publié presque chaque année de 1833 à sa mort. Il a travaillé comme éditeur et journaliste et a été actif tant sur le plan caritatif que politique. En raison d'une liaison de longue date, il se sépare de sa femme en 1858 avant d'entamer des tournées de lectures publiques. Lors de l'accident ferroviaire de Staplehurst en 1865, Dickens a aidé à sauver et à réconforter des passagers avant de revenir pour rédiger le manuscrit de *Our Mutual Friend* (1865). Il retourne ensuite en Amérique, effectuant une tournée de lecture malgré la détérioration de sa santé. Il est retourné en Angleterre l'année suivante et a continué ses lectures et ses publications avant de mourir d'une attaque en 1970. Son corps est enterré dans le Poet's Corner de l'abbaye de Westminster.

- 6 -

LA MAISON D'ÂPRE-VENT

UNE TOILE DE RÉALISME

- **Genre :** roman en série
- **Édition de référence :** Dickens, C. (2003) *Bleak House.* Londres : Penguin Classics.
- **1ère édition :** 1853
- **Thèmes :** droit, justice, enfance, valeurs familiales, secrets, réalisme, société victorienne.

La maison d'Âpre-Vent a été publié par mensualités de 1852 à 1853. Comme le suggère Tracy, « *La maison d'Âpre-Vent* était le roman le plus réussi de Dickens à ce jour » (Paroissien, 2008 : 380), et il reste l'un de ses romans les plus célèbres. Il s'est servi de ce roman pour mettre en évidence les failles de la société victorienne, notamment son système judiciaire. Il montre les ténèbres cachées derrière une société qui glorifie ses avancées technologiques et sociétales supposées.

- Le roman alterne entre la narration à la première personne par l'orpheline Esther Summerson et un narrateur omniscient à la troisième personne. Ce faisant, Dickens présente une intéressante juxtaposition de politesse contenue et de mépris à peine voilé. Il entrelace de nombreuses intrigues secondaires dans un réseau complexe de secrets, de chantage, de batailles juridiques et de désespoir. Cette toile aborde les notions de famille, de réputation, d'extrême pauvreté, de justice et bien d'autres choses encore. Mais ce qui domine tout au long du roman, c'est une condamnation cinglante des systèmes mis en place pour protéger et servir le public.

RÉSUMÉ

L'AFFAIRE

Le roman s'ouvre sur la Cour de chancellerie, qui traite l'affaire Jarndyce et Jarndyce. Le procès dure depuis si longtemps que personne ne se souvient comment il a commencé. À ce stade, il ne profite qu'aux avocats. Il est décidé qu'un jeune garçon et une jeune fille iront vivre avec leur oncle. M. Tulkinghorn rend visite à Lady Dedlock et à son mari, Sir Leicester, pour les mettre au courant de l'affaire. En voyant certains documents, Lady Dedlock demande qui les a écrits car l'écriture est belle. M. Tulkinghorn dit qu'il se renseignera à ce sujet quand soudain Lady Dedlock tombe malade et doit partir.

UN NOUVEAU DÉPART

Esther Summerson est élevée par sa supposée marraine, Mlle Barbary, croyant que ses parents sont morts. Lorsque Mlle Barbary meurt subitement, Esther apprend qu'elle va vivre avec un nouveau tuteur, M. Jarndyce. Elle sera bien entourée et recevra une éducation de haut niveau. Six années s'écoulent avant qu'elle ne rencontre deux jeunes cousins, Richard Carstone et Ada Clare, qui sont les bénéficiaires de l'affaire Jarndyce. Ils vont tous vivre à La maison d'Âpre Vent. Alors qu'ils commencent leur voyage, ils rencontrent une vieille femme qui leur suggère sinistrement qu'un jugement sera rendu sur l'affaire. Le groupe passe la nuit chez les Jellybys, où ils sont surpris par la malpropreté de la maison et le désarroi général de la famille. Le lendemain, lors d'une promenade, le groupe rencontre la vieille femme de la veille. Elle décide de leur montrer la chancellerie, qui est en fait une boutique surchargée d'objets divers et de documents juridiques. Le commerçant est Krook, également connu sous le nom de Lord Chancelier. Il en sait beaucoup sur l'affaire Jarndyce et recopie certaines lettres d'une lettre de Jarndyce, même s'il ne sait pas lire. Après que la vieille dame leur a montré ses cages à oiseaux, le groupe part avant de commencer son voyage vers La maison d'Âpre-Vent. En chemin, le groupe reçoit des lettres de M. Jarndyce qui leur demande de ne pas exprimer leur gratitude pour son aide. Esther se voit confier les clés du ménage et est choquée de se voir confier une telle responsabilité. Un invité, Harold Skimpole, arrive pour le dîner. Richard et Ada semblent proches et chantent ensemble au piano avant que Richard ne disparaisse avec M. Skimpole. Richard appelle Esther et l'informe qu'Harold a été arrêté pour dettes. Ils le libèrent sous caution pour qu'il n'ait pas à aller à Coavinses (une prison pour débiteurs). Jarndyce leur ordonne de ne plus jamais le faire.

UNE MALÉDICTION

À Chesney Wold, la gouvernante, Mme Rouncewell, reçoit la visite de son petit-fils, Watt. Deux hommes arrivent et on leur fait visiter la maison. L'un des hommes, M. Guppy, est fasciné par le portrait de Lady Dedlock et jure qu'il la connaît d'une manière ou d'une autre. Ils sont intrigués par la terrasse appelée "Ghost's Walk", mais Mme Rouncewell ne veut pas leur expliquer pourquoi. Après leur départ, Mme Rouncewell raconte l'histoire à Rosa et Watt : Lady Morbury Dedlock espionnait les réunions de son mari et relayait l'information aux adversaires du roi Charles. Après qu'un parent de son mari ait tué son frère bien-aimé au cours d'une bataille, elle s'est mise à détester ses beaux-parents ainsi que le roi. Elle tente de les saboter en blessant leurs chevaux, mais lorsqu'elle est attrapée, elle est gravement blessée par le cheval de son mari. Pour essayer d'aller mieux, elle marchait sur la terrasse avec son bâton jusqu'au jour où elle s'est effondrée. Avant de mourir, elle a maudit la famille Dedlock.

DE NOUVEAUX AMIS ?

On montre à Esther la Growlery, la pièce où M. Jarndyce se rend lorsqu'il a besoin de se plaindre et qu'il sent un vent d'est. Il lui en dit plus sur l'affaire Jarndyce, à savoir qu'il s'agit d'un testament et que l'argent a été épuisé par l'interminable procès. Cela a conduit Tom Jarndyce, son oncle et le premier propriétaire de La maison d'Âpre-Vent, au suicide. Esther devient responsable d'une grande partie de la correspondance de M. Jarndyce et reçoit la visite de l'exigeante Mme Pardiggle. Elle insiste pour qu'Ada et Esther l'accompagnent dans ses tournées où elle prêche à des destinataires hostiles. Après son départ, les filles tentent d'aider les personnes qu'elles viennent de rencontrer – une femme battue, Jenny, et son bébé.

Les filles partent et reviennent plus tard dans la nuit avec Richard et de la nourriture.

ÉVÉNEMENTS INATTENDUS

Richard et Ada tombent amoureux. M. Jarndyce tente en vain de faire progresser la carrière de marin de Richard auprès de Sir Dedlock. Lawrence Boythorn visite La maison d'Âpre-Vent et apporte son oiseau de compagnie. L'oiseau ne reste pas dans une cage mais sur sa tête. Esther demande à Mr Jarndyce si Boythorn est marié. Il s'avère qu'il n'a jamais été marié en raison d'un cœur brisé il y a longtemps. Le lendemain, M. Guppy arrive, à la recherche de Boythorn. Après sa rencontre, ils déjeunent ensemble et M. Guppy demande Esther en mariage, qui refuse. Tulkinghorn visite la maison des Snagsby et dit à M. Snagsby que les récents papiers de Jarndyce ont été très bien écrits. À sa demande, on lui répond que c'est Nemo qui les a écrits. Le duo se rend à la boutique de Krook, où Nemo est censé vivre, et trouve Nemo mort, apparemment d'une overdose. Au palais de justice, les voisins de Nemo sont interrogés, mais personne n'a d'informations. Un jeune sans-abri nommé Jo affirme que Nemo était un ami qui lui donnait de l'argent et un endroit où rester. A Chesney Wold, les Dedlocks sont de retour de Paris. Lady Dedlock est enchantée par la beauté de Rosa, ce qui provoque une crise de jalousie chez sa servante, Hortense. Tulkinghorn arrive et discute avec lui du procès de Boythorn mais ne fait aucun progrès. Il informe également Lady Dedlock de la mort de l'écrivain Nemo.

UN MÉDECIN APPELLE

Pendant ce temps, Richard décide d'étudier la médecine et Kenge s'occupe de la logistique avec le cousin de Richard, Bayham Badger, avec qui ils dînent tous. Esther remarque que M. Guppy la suit et est troublée par sa présence continuelle. Ada et Richard expriment leur amour « secret » à Esther, qui le dit à Jarndyce. Ils sont heureux mais décident d'agir avec prudence. Esther est attirée par un jeune homme lors du dîner de Badger. Lors d'une visite, Miss Jellyby dit qu'elle a pris des leçons de danse et s'est secrètement fiancée à Mr Turveydrop. Esther va rencontrer les Turveydrops avec Miss Jellyby avant de faire appel à la vieille femme folle, Miss Flite, de la boutique de Krook. Miss Flite est malade depuis la mort de Nemo et est traitée par un médecin. Le médecin de Miss Flite, M. Woodcourt, s'avère être le béguin d'Esther. La maison de Skimpole a été prise par un agent de recouvrement. En cherchant son agent de recouvrement, Neckett, Jarndyce el Esther découvrent qu'il est mort et que ses trois jeunes enfants ont survécu seuls.

DÉJÀ VU

Jo tente de rentrer chez lui, chez Tom-all-Alone, lorsqu'il est abordé par une femme qui lui pose des questions sur Nemo. Après s'être rendue sur sa tombe, elle lui donne de l'argent et disparaît. Richard est malheureux dans sa nouvelle profession et change de cap pour étudier le droit. M. Woodcourt part en Asie et envoie secrètement des fleurs à Esther. Lors d'une visite à Chesney Wold, Esther voit Lady Dedlock et a une impression de déjà-vu.

Plus tard, la voix de Lady Dedlock est confondue avec celle d'Esther. Lorsqu'elles sont officiellement présentées, Lady Dedlock hésite à regarder Esther et s'enquiert de la familiarité de Jarndyce avec sa sœur séparée. Un policier tente d'éloigner Jo des environs de la boutique de Krook, mais il prétend connaître M. Snagsby, qui le confirme. Jo les informe de la femme qui l'a payé pour obtenir des informations sur la mort de Nemo et de nombreuses questions lui sont posées avant qu'il ne parvienne à s'échapper. Tulkinghorn présente Snagsby à l'inspecteur Bucket, qui enquête sur la mort de Nemo. Après avoir parlé avec Jo, il découvre que la mystérieuse dame qui soudoyait Jo pour obtenir des informations portait les vêtements d'Hortense. Hortense démissionne de son poste.

UNE RÉVÉLATION EXPLOSIVE

Charlotte Neckett, l'une des orphelines du collecteur de dettes, devient la servante d'Esther. Richard décide de s'engager dans l'armée, ce qui amène Jarndyce à dire à Ada qu'elle devrait mettre fin à leur relation. Tulkinghorn soudoie George pour obtenir un échantillon de l'écriture de Nemo, mais cela lui est refusé. Alors qu'il rend visite à Lady Dedlock, Guppy révèle qu'il sait qui est son tuteur, qui est le père d'Esther (le capitaine Hawdon) et qu'il vit sous le pseudonyme de Nemo. Guppy va chercher certaines de ses lettres pour le prouver. Lady Dedlock pleure en réalisant qu'Esther est sa fille, qu'elle croyait morte. Esther rend visite à Jenny et découvre Jo malade sur le sol. Elle l'emmène à La maison d'Âpre-Vent pour le soigner, mais il disparaît, et elle tombe malade dans le même temps. Lorsque Guppy arrive pour chercher les lettres de Hawdon dans la boutique de Krook, il découvre que Krook s'est enflammé spontanément. Il abandonne la recherche des lettres et dit à Lady Dedlock qu'elles n'existent plus.

SCARRED

Esther se remet de sa variole et apprend qu'une femme s'est renseignée sur elle et a pris le mouchoir qu'elle a égaré. De plus, son amoureux est revenu d'Asie. Esther se rend chez Boythorn pour récupérer et découvre qu'elle a été marquée par la variole, ce qui entache sa beauté. Lady Dedlock lui annonce alors qu'elle est sa fille, mais qu'il ne faut jamais en parler et qu'elles ne doivent plus jamais se voir. Pendant ce temps, Richard s'implique tellement dans l'affaire Jarndyce que ce dernier a cessé de lui adresser la parole. Il a quitté l'armée et se concentre uniquement sur l'affaire. Tulkinghorn suggère qu'il a découvert le secret de Lady Dedlock. Hortense rend visite à Tulkinghorn et, le rendant responsable de son malheur, veut qu'il lui trouve un emploi. Après qu'il a suggéré qu'il allait l'arrêter, elle se retire. En disant à Jarndyce qu'elle a rencontré sa mère, Esther apprend que Boythorn était l'amour de sa tante et qu'elle lui a brisé le cœur pour l'élever. Jarndyce demande alors Esther en mariage par le biais d'une lettre, et elle accepte. M. Woodcourt rencontre Jo, qui lui raconte qu'un homme à La maison d'Âpre-Vent l'a tellement effrayé qu'il est parti. Woodcourt aide Jo à trouver un nouveau logement, mais malheureusement, il décède.

UN MEURTRE

Rosa est bientôt renvoyée par Lady Dedlock dans le but de préserver sa réputation. Cela met Tulkinghorn en colère, qui est ensuite assassiné. L'inspecteur Bucket arrête George pour le meurtre. Malgré cela, il continue à enquêter sur l'affaire et trouve les lettres de Lady Dedlock. Après s'être entretenu avec Sir Leicester Dedlock, Bucket rassemble tous les éléments et arrête Hortense pour le meurtre qu'elle a tenté de faire porter à Lady Dedlock. Il s'avère que George est le fils de Mme Rouncewell, qu'elle croyait disparu au combat. Lady Dedlock s'enfuit après avoir découvert que ses lettres existent toujours. Sir Leicester souffre d'une attaque et pardonne complètement à sa femme. L'inspecteur Bucket et Esther partent à la recherche de Lady Dedlock, mais ils la trouvent morte au cimetière.

UNE RÉSOLUTION

Entre-temps, Richard et Ada se sont mariés en secret et Ada est enceinte. Richard est tombé malade à cause de son obsession pour l'affaire Jarndyce. M. Woodcourt déclare une nouvelle fois son amour à Esther, mais celle-ci lui annonce qu'elle est fiancée. Esther commence à planifier son mariage et rend visite à Jarndyce alors qu'il est en voyage d'affaires dans le Yorkshire. Une fois sur place, il l'informe qu'il a acheté une maison à Woodcourt et qu'Esther doit l'épouser et y vivre. La maison est déjà décorée à son goût et a été baptisée La maison d'Âpre-Vent. Le couple qui s'est séparé se retrouve. Après la découverte d'un nouveau testament, l'affaire Jarndyce est terminée. Personne n'hérite de rien puisque l'argent a disparu. La nouvelle entraîne la mort de Richard. Ada donne naissance à un garçon et l'élève sans son père, tandis qu'Esther devient une femme au foyer heureuse et a deux filles avec Woodcourt.

ÉTUDE DE CARACTÈRE

ESTHER SUMMERSON

Esther est la protagoniste du roman, et une grande partie de l'histoire est racontée à travers son récit à la première personne. Si elle fait souvent remarquer qu'elle n'est pas intelligente ou qu'elle ne se croit pas capable, elle se révèle être une narratrice fiable et habile.

Jeune orpheline, elle est élevée par Mlle Barbary, qu'elle croit être sa marraine. Mlle Barbary est stricte et insensible, à la limite de la violence psychologique, ce qu'Esther considère comme un signe de vertu. Elle pense qu'elle mérite ce qu'elle reçoit et qu'elle doit se racheter. Elle sous-estime ses talents et voit le bien chez tout le monde sauf chez elle. Elle n'a pas le droit de célébrer son anniversaire et le qualifie de « jour le plus mélancolique de toute l'année à la maison » (p. 29). Cela l'amène à se demander si elle n'a pas tué sa mère en accouchant. Après la mort de Miss Barbary, Esther est confiée à la garde de M. Jarndyce et reçoit une éducation avant de s'installer à La maison d'Âpre-Vent. Elle s'occupe de la gestion de La maison d'Âpre-Vent, se voit confier les clés de la maison et s'occupe d'une grande partie de la correspondance de Jarndyce. Elle se montre fiable et astucieuse malgré son instinct d'autodépréciation.

Tout au long du roman, Esther est montrée comme une personne altruiste, douce et attentionnée, qui aide souvent les personnes moins fortunées qu'elle. C'est cette tendance qui l'amène à contracter la variole de Jo, ce qui la marquera à vie. Au cours du roman, on découvre que Miss Barbary était en fait sa tante, Lady Dedlock sa mère et le capitaine Hawdon (Nemo) son père. Après de brèves fiançailles avec M. Jarndyce, Esther épouse M. Woodcourt et a deux enfants.

M. JOHN JARNDYCE

M. Jarndyce est le propriétaire de La maison d'Âpre-Vent et accueille le trio d'orphelins : Esther, Ada et Richard. Il est gentil et désintéressé mais déteste être remercié pour sa générosité. Il est mal à l'aise avec les émotions et tente généralement d'éviter de telles situations. Il est superstitieux et prétend qu'un vent d'est souffle chaque fois qu'il pressent quelque chose de mauvais. Il se fie beaucoup à Esther et admet que lorsqu'il l'a recueillie, il espérait qu'elle deviendrait plus tard sa femme et la maîtresse de La maison d'Âpre-Vent. Il demande Esther en mariage par le biais d'une lettre, évitant ainsi une fois de plus une situation chargée d'émotion. M. Jarndyce déteste l'affaire et ne veut rien avoir à faire avec elle. Il voit qu'elle est corrompue, inutile et préjudiciable à ceux qui l'entourent. Son altruisme transparaît lorsqu'il achète par gratitude une maison pour M. Woodcourt, qu'il décore pour Esther. Il la libère de leurs fiançailles pour qu'elle puisse être avec l'homme qu'elle aime. Il est humble et indulgent et accueille Ada après la mort de Richard, s'occupant d'elle et de son fils nouveau-né.

RICHARD CARSTONE

Richard est un autre orphelin impliqué dans l'affaire Jarndyce et est recueilli par M. Jarndyce, ainsi que sa cousine Ada et Esther. Il est volage, peu fiable et faible de caractère. Il n'aime pas prendre de décisions, préférant que les autres le fassent pour lui. Il n'est pas doué avec l'argent et le dépense comme de l'eau ou le met dans l'affaire Jarndyce. Il est assez semblable à Harold Skimpole à cet égard, bien que personne ne l'excuse pour cela. Il épouse Ada en secret et dit qu'il poursuit l'affaire Jarndyce pour elle. Il s'attend à une grosse somme d'argent à la fin de l'affaire et ne pense à rien d'autre. Il n'écoute personne d'autre que son avocat et ignore les signes indiquant que le procès a consommé tout l'argent. C'est la nouvelle définitive qu'il n'y a plus d'argent qui le tue, laissant derrière lui sa femme Ada et leur enfant à naître. Il est le symbole du potentiel et du bonheur conjugal contrecarrés par un système corrompu et axé sur l'argent.

ADA CLARE

Ada est belle, avec de longs cheveux d'or flottants. Elle est l'une des orphelines impliquées dans l'affaire Jarndyce et est prise en charge par M. Jarndyce. Elle est l'amie la plus proche d'Esther. Elle est très attentionnée et pleure même à la vue d'un bébé malade. Elle est bien éduquée et très douée pour les arts créatifs. Elle joue du piano et chante, et c'est là qu'elle commence à faire la cour à Richard. Elle épouse Richard en secret et à son fils. Ce n'est pas un mariage heureux, car Richard est accaparé par l'affaire Jarndyce.

HAROLD SKIMPOLE

Harold est décrit par M. Jarndyce comme un enfant, malgré le fait qu'il soit père. Il ne connaît pas grand-chose du monde et veut simplement être libre sans les contraintes des lois de la société. Skimpole prend l'argent de tout le monde pour payer ses interminables dettes. Il ne semble pas se soucier d'avoir des agents de recouvrement à ses trousses, car il sait que quelqu'un va le tirer d'affaire. Cette attitude est excusée en raison de sa nature enfantine.

LADY DEDLOCK

Lady Dedlock est mariée à Sir Leicester Dedlock et vit avec lui à Chesney Wold. Lorsqu'elle était plus jeune, elle était amoureuse du capitaine Hawdon et a donné naissance à un enfant illégitime, Esther, qu'elle croyait morte. Lorsqu'elle découvre qu'Esther est en fait vivante, elle ne cherche pas à entrer en contact avec elle, craignant de ruiner le nom des Dedlock. Elle est préoccupée par sa classe et sa réputation, ce qui l'empêche d'entrer en contact avec qui que ce soit. À cause de ces craintes, elle se déguise souvent pour chercher des informations, soudoie les gens et finit par s'enfuir. Elle meurt en se rendant sur la tombe de son ancien amant.

M. TULKINGHORN

Tulkinghorn est l'un des principaux avocats impliqués dans l'affaire Jarndyce. Il consulte les Dedlocks sur tous les développements et cherche des réponses sans relâche. Il est comme un chien avec un os. Lorsqu'il découvre le secret de Lady Dedlock, il lui fait du chantage. Il est assassiné par Hortense.

SEAU D'INSPECTEUR

Bucket est la représentation de la police dans le roman et est l'un des premiers détectives de la littérature anglaise (Editors of the Encyclopaedia Britannica, 2016) Il enquête sur la mort de Nemo et de Lady Dedlock (à la demande de Tulkinghorn). Il recueille des informations comme un sot recueille de l'eau et joue un rôle clé dans la résolution du meurtre de Tulkinghorn et du coup monté d'Hortense.

LA FAMILLE JELLYBY

Les enfants et la maison sont gravement négligés par leur mère, qui se concentre sur ses entreprises en Afrique. L'aînée des enfants, Caddy, déteste sa famille et est obligée d'écrire des lettres pour l'employeur africain de sa mère. Caddy refuse d'épouser M. Quale et se marie avec le prince Turveydrop, son professeur de danse.

MADEMOISELLE HORTENSE

Hortense est la servante jalouse de Lady Dedlock qui tue Tulkinghorn et fait accuser Lady Dedlock du meurtre.

LORD CHANCELIER (KROOK)

Souvent appelé le Lord Chancelier, Krook possède l'entrepôt de chiffons et de bouteilles, également connu sous le nom de Cour de la Chancellerie. Il s'entoure de documents juridiques et essaie de les copier, même s'il ne sait ni lire ni écrire. Plus tard dans le roman, il essaie d'apprendre à le faire lui-même. Il est également le propriétaire de Mlle Flite et de Nemo. Il meurt d'une combustion spontanée.

MLLE FLITE

Souvent considérée comme une vieille folle, Miss Flite est obsédée par le jour du jugement de l'affaire Jarndyce. Elle garde une vingtaine d'oiseaux qu'elle relâchera ce jour-là. Elle représente le grand nombre de personnes piégées par l'affaire qui attendent d'être libérées et apporte un sentiment de malheur imminent à l'histoire par ses commentaires prophétiques.

JO

Jo est un orphelin sans abri qui est souvent payé pour obtenir des informations. Il transmet la variole à Esther et finit par mourir de la maladie.

NEMO

Nemo, également connu sous le nom de Capitaine Hawdon, était l'ancien amant de Lady Dedlock et le père d'Esther. Il a copié des documents pour l'affaire Jarndyce et Jarndyce. Il est mort d'une supposée overdose.

LA COUR DE CHANCELLERIE

Si *La maison d'Âpre-Vent* tourne autour d'un procès, la cour de la chancellerie en est le centre. Ce qui est censé être le cœur du système judiciaire anglais et un symbole de justice et de société civilisée a été déformé jusqu'à devenir presque méconnaissable. Les affaires sont interminables, coûteuses et traînées en longueur par des avocats avides d'argent et impatients de toucher leur prochain salaire. Les seules personnes qui gagnent sont les avocats, pas le pauvre profane qui cherche à obtenir ce qui lui revient de droit. La justice n'existe pas. Dans ses premières descriptions de la cour, Dickens la décrivait comme entourée du brouillard de Londres :

> *«… que le brouillard y soit lourd, comme s'il ne voulait jamais en sortir ; que les vitraux perdent leur couleur et n'admettent aucune lumière du jour dans ce lieu… »*
> *(p. 15).*

La lumière devient un symbole de vérité et de justice, ce que l'on ne trouve plus au tribunal. Les systèmes mis en place pour mettre en lumière cette vérité ont été souillés par le brouillard londonien de l'avancement, de l'opportunisme et du capitalisme. Le tribunal est rempli d'une obscurité écrasante qui corrompt toute beauté.

Au chapitre cinq, on nous fait croire qu'Esther, Richard et Ada vont se rendre à la cour pour rencontrer le Lord

Chancelier. Cependant, ils sont aussi surpris que nous lorsqu'ils sont conduits à la boutique Rag and Bottle de Krook, qui regorge de bibelots, d'objets divers et de documents. Krook, un homme analphabète et peu instruit, est présenté comme le Lord Chancelier. Il explique ses surnoms par le fait qu'il possède une grande quantité de cheveux – une référence aux perruques portées à la cour à l'époque. Dickens suggère que le véritable tribunal de la chancellerie est incarné par cette boutique : des piles de documents qui ne seront jamais lus ou examinés, des marchandises qui se perdent sur des étagères poussiéreuses, un agencement sans but précis. De plus, en utilisant le double sens du nom, Dickens laisse entendre que le Lord Chancellor lui-même est un escroc et que la cour est dirigée par un criminel indigne de confiance et avide d'argent qui enfreint les lois au lieu de les faire respecter.

En outre, Dickens laisse entendre que les avocats corrompus n'agissent pas nécessairement de leur propre chef :

> *« Dix-huit des savants amis de M. Tangle, armés chacun d'un petit résumé de dix-huit cents feuilles, s'élancent comme dix-huit marteaux dans un piano-forte, font dix-huit révérences, et tombent dans leurs dix-huit lieux d'obscurité. » (P. 18)*

Ils font partie d'une performance hautement chorégraphiée et rien de plus. Les marteaux d'un piano ne sont pas maîtres de leurs actions. Ils sont créés pour être manipulés et commandés par la pression d'une touche. Tout comme ces marteaux, les avocats sont contrôlés par une force extérieure, un musicien compétent qui sait sur quelles touches appuyer, et à quel moment, pour créer la musique qu'il veut entendre.

LE MÉNAGE ET LA MATERNITÉ

Lorsqu'il s'agit de dépeindre le foyer victorien, Dickens n'a pas son pareil. Comme Waters le suggère :

> *« [Dickens] se voyait comme un prophète du foyer, et ses contemporains saluaient sa réputation de pourvoyeur de bonheur domestique douillet. [...] Pourtant, malgré cette réputation de prophète du bonheur domestique, tout examen attentif des romans de Dicken révèle très peu de portraits de familles heureuses et harmonieuses. » (Waters, 2001 : 120)*

La maison d'Âpre-Vent peut être considéré comme une quête de ce foyer idéal et parfait. Dickens commence par l'orpheline Esther, qui vit avec sa marraine, Mlle Barbary. La maison est calme et sans joie. Esther n'est pas autorisée à parler de ses parents ou à célébrer des occasions spéciales. La maison est gérée efficacement, mais il n'y a pas d'amour ni de sens de la famille, seulement un détachement déconcertant de la vie. La maison suivante est celle des Jellybys. La maison des Jellyby est sale, maniaque et négligée. Mme Jellyby est tellement absorbée par ses affaires en Afrique qu'elle ne voit pas le bonheur potentiel qui se trouve devant elle. Elle a rejeté sa nature maternelle au profit de l'impérialisme.

Viens ensuite Mme Pardiggle, une femme tellement obsédée par sa réputation de vertu qu'elle oblige ses enfants à faire des dons à la charité et s'impose, ainsi que sa religion, à ceux qu'elle estime avoir besoin d'aide. Elle fait même des commentaires sur le ménage de Mme Jellyby :

> *« Je ne suis pas d'accord avec Mme Jellyby sur le traitement de sa jeune famille. Cela a été remarqué. Il a été observé que sa jeune famille est exclue de la participation aux objets auxquels elle se consacre. Elle peut avoir raison, elle peut avoir tort ; mais, que ce soit vrai ou faux, ce n'est pas ainsi que je traite ma jeune famille. Je les emmène partout. » (P. 125)*

Mme Pardiggle voit les problèmes de la famille Jellyby et essaie admirablement de ne pas les imiter. Mais ce faisant, elle va tellement dans l'autre sens qu'elle étouffe sa famille avec son complexe de supériorité autoritaire et énergique. Dickens laisse entendre que, contrairement à ce qu'elle croit, sa façon de faire n'est pas la bonne.

Tout au long du roman, Esther observe les différentes manières de gérer un foyer et, dès son plus jeune âge, elle fait preuve de l'instinct maternel absent des autres familles. En s'occupant de tous les enfants qu'elle peut, sans aucune compensation, en gérant la Maison Bleak de manière harmonieuse et en aidant M. Jarndyce et les autres dans leurs affaires, Esther devient un symbole de l'instinct maternel nécessaire pour gérer correctement un foyer. À la fin du roman, Esther a enfin ses propres enfants avec son mari aimant, Woodcourt. Dans sa déclaration « nous ne sommes pas riches, mais nous avons toujours prospéré et nous avons assez » (p. 988), il est clair qu'Esther a trouvé une famille heureuse, un foyer satisfait et le bonheur conjugal.

ENFANCE

Une enfance heureuse est difficile à trouver dans un roman de Dickens. Cela est probablement dû à ses propres expériences d'enfance. Avec l'arrestation de son père en 1824, l'enfance de Dickens lui a été arrachée. Il a été contraint d'aller travailler dans des conditions terribles et de devenir l'homme de la maison à l'âge de 12 ans. Il n'est donc pas surprenant que le thème de l'enfance perdue occupe une si grande place dans son œuvre. Dans *La maison d'Âpre-Vent, le* lecteur est confronté à de nombreux enfants contraints de grandir prématurément.

Tout d'abord, il y a Esther, qui a été abusée émotionnellement par sa tante au lieu d'être élevée. Elle constate elle-même que son expérience est très différente de celle des autres filles de sa classe. Elle n'a pas eu d'enfance, elle n'a pas eu de famille, et surtout, elle n'a pas eu d'amour. Lors de son départ pour Greenleaf, Esther décide d'enterrer cette partie de sa vie :

> *« Un jour ou deux auparavant, j'avais enveloppé la chère vieille poupée dans son propre châle, et je l'avais tranquillement déposée – j'ai à moitié honte de le dire – dans la terre du jardin, sous l'arbre qui ombrageait ma vieille fenêtre. »* (p. 36)

L'acte d'enterrer sa poupée élimine symboliquement toute trace d'infantilisme chez la jeune fille. En outre, l'enterrement suggère qu'Esther est peut-être trop familière avec la mort et la perte pour une jeune fille. Tout en étant sentimentale, ses actions sont empreintes d'un certain pragmatisme qui suggère qu'elle est plus mature à ce moment-là que de nombreux adultes.

Dickens met en scène la maturité d'un enfant entraîné une fois de plus dans l'âge adulte à travers les enfants Neckett :

> *« L'enfant qu'il soignait tendit les bras et cria pour être pris par Charley. La petite fille l'a pris, d'une manière féminine, avec son tablier et son bonnet, et s'est tenue debout, nous regardant par-dessus le fardeau qui s'accrochait à elle très affectueusement. [...] C'était une chose à regarder. Les trois enfants serrés l'un contre l'autre, et deux d'entre eux ne comptant que sur le troisième, et le troisième si jeune et pourtant avec un air d'âge et de fermeté qui se posait si étrangement sur la figure enfantine. » (pp. 245-6)*

Dickens dépeint ici une jeune fille de 13 ans comme une mère. En l'absence d'une figure parentale, Charley est obligé d'assumer la responsabilité de ses jeunes frères et sœurs. Sa force est admirable, mais il est tragique d'imaginer qu'un enfant doive être le roc de la famille à un si jeune âge. Heureusement, Esther est capable d'aider les enfants en leur donnant du travail. Celui qui ne peut être aidé est Jo, le pauvre gamin des rues, piétiné par tous et n'appartenant à personne. Il est l'exemple même de la pauvreté victorienne et ne peut être sauvé. Tout au long de sa vie, il a dû se débrouiller seul, bien qu'il n'ait jamais appris à le faire. Il est sans abri, est souvent affamé au point d'être incapable de manger et dépend de la bonté des autres pour se nourrir et s'abriter. À la fin, il meurt d'une pneumonie en cherchant la lumière. C'est peut-être M. Jarndyce qui exprime le mieux la situation lorsqu'il déclare : « On dit que les enfants des très pauvres ne sont pas élevés, mais traînés » (p. 88).

POURSUITE DE LA RÉFLEXION

QUELQUES QUESTIONS À MÉDITER...

- Dans quelle mesure peut-on considérer La maison d'Âpre-Vent comme une œuvre de fiction policière? Expliquez votre réponse.
- En latin, Nemo ne signifie personne. Quelle signification cela apporte-t-il au personnage du capitaine Hawdon?
- Quel rôle joue le surnaturel dans le roman?
- Comment le roman aborde-t-il les thèmes des preuves scientifiques et de la médecine?
- Quel est le but d'avoir deux narrateurs différents?
- Explorez la dynamique des relations entre les femmes dans le roman.
- Examinez les différents décors du roman: La maison d'Âpre-Vent, Londres, Chesney Wold, Tom-all-Alone's, etc.
- Une grande partie du roman est consacrée aux voyages. Quelle est la signification de ces voyages?

AUTRES LECTURES

ÉDITION DE RÉFÉRENCE

- Dickens, C. (2003) *Bleak House.* Londres : Penguin Classics.

ÉTUDES DE RÉFÉRENCE

- Butterworth, R. (2015) *Dickens, Religion and Society.* New York : Palgrave Macmillan.
- Les éditeurs de l'Encyclopædia Britannica (2016) Inspector Bucket. *Encyclopædia Britannica, Inc.* [En ligne]. [Consulté le 30 novembre 2018]. Disponible à l'adresse suivante : <https://www.britannica.com/topic/Inspector-Bucket>
- Jordan, J. O. (2001) *The Cambridge Companion to Charles Dickens.* Cambridge : Cambridge University Press.
- Paroissien, D. (2008) *A Companion to Charles Dickens.* Malden, MA : Blackwell Publishers.

SOURCES SUPPLÉMENTAIRES

- Douglas-Fairhurst, R. (2013) Pourquoi devrions-nous étudier Dickens ? *Université d'Oxford.* [En ligne]. [Consulté le 30 novembre 2018]. Disponible à l'adresse suivante : <https://podcasts.ox.ac.uk/why-should-we-study-dickens>
- Douglas-Fairhurst, R. (2012) Why Dickens? *Université d'Oxford.* [En ligne]. [Consulté le 30 novembre 2018].

Disponible à l'adresse suivante : <https://podcasts.ox.
ac.uk/why-dickens>
- Gill, S. (2012) Dickens' Railways. *Université d'Oxford*. [En
ligne]. [Consulté le 30 novembre 2018]. Disponible à
l'adresse suivante : <https://podcasts.ox.ac.uk/dickens-
railways>
- Jackson, A. et all. (2012) Riches et pauvres en Grande-
Bretagne à l'époque de Dickens et aujourd'hui. *Université
d'Oxford*. [En ligne]. [Consulté le 30 novembre 2018].
Disponible à l'adresse suivante : <https://podcasts.ox.ac.
uk/rich-and-poor-britain-age-dickens-and-today-0>

ADAPTATIONS

- *Jo*. (1876) [Pièce] (1876). Écrit par John Pringle Burnett.
- *Bleak House* (1920) [Film muet]. Maurice Elvey. Dir.
Royaume-Uni : Ideal.
- *Bleak House* (1959) [mini-série télévisée]. ROYAUME-
UNI : BBC.
- *Bleak House* (1985) [mini-série télévisée]. ROYAUME-
UNI : BBC.
- *Bleak House* (1998) [Série radio]. ROYAUME-UNI : BBC
Radio 4.
- *Bleak House* (2005) [mini-série télévisée]. ROYAUME-
UNI : BBC.

Votre avis nous intéresse !
Laissez un commentaire sur le site de votre librairie en ligne
et partagez vos coups de cœur sur les réseaux sociaux !

lePetitLittéraire.fr

- des analyses de livres
- des fiches de lectures
- des commentaires littéraires
- des questionnaires de lecture
- des résumés

**Retrouvez
notre offre complète sur
lePetitLittéraire.fr**

ISBN version numérique : 9782808684064
ISBN version papier : 9782808684866
Dépôt légal : D/2023/12603/986

Conception numérique : Primento,
le partenaire numérique des éditeurs.